돈으로 벼슬을 사려 했던 영감이
망태를 쓰고 꿀꿀 돼지가 되었어요.
욕심 많은 사람이 쓰면 돼지로 변하는
요술 망태거든요.
참외를 먹고 다시 사람이 된 부자 영감,
앞으로는 욕심을 부리지 않을까요?

추천 감수_ 김병규
대구교육대학을 졸업하고 한국일보 신춘문예에 동화가, 중앙일보 신춘문예에 희곡이
당선되면서 작품 활동을 시작했습니다. 대한민국문학상, 소천아동문학상, 해강아동문
학상 등을 수상했으며, 현재 소년한국일보 편집국장으로 재직 중입니다. 쓴 책으로 〈나
무는 왜 겨울에 옷을 벗는가〉, 〈푸렁별에서 온 손님〉, 〈그림 속의 파란 단추〉 등이 있습
니다.

추천 감수_ 배익천
경북 영양에서 태어났습니다. 1974년 한국일보 신춘문예에 동화가 당선되었고, 〈마음
을 찍는 발자국〉, 〈눈사람의 휘파람〉, 〈냉이꽃〉, 〈은빛 날개의 가슴〉 등의 동화집을 펴
냈습니다. 한국아동문학상, 대한민국문학상, 세종아동문학상 등을 받았으며, 현재 부산
MBC에서 발행하는 〈어린이문예〉 편집주간으로 일하고 있습니다.

글 _ 김은경
대구대학교 국어국문학과를 졸업하고 2000년에 문학 계간지 〈실천문학〉에서 시로 신
인상을 받으며 등단했습니다. 지금도 꾸준히 시를 발표하며 어린이들을 위한 재미있고
아름다운 동화를 쓰고 있습니다. 작품으로 〈아기가 된 엄마〉, 〈선생님은 못 하는 게 없
어〉, 〈칠면조를 판 석유왕〉 등이 있습니다.

그림 _ 최현주
대학에서 일러스트레이션을 전공했고 현재 어린이 그림책 일러스트레이터로 활동하고
있습니다. 작품으로 〈우당탕탕 2학년 3반〉, 〈아침에 읽는 지혜 속담 논술〉, 〈마음씨 고
약한 각시 손님〉, 〈놀이 기구에 작용하는 힘〉, 〈가우디〉, 〈이상한 서커스단〉, 〈해와 달〉
등이 있습니다.

말랑말랑 우리전래동화 ㉛ 모험과 도전
돼지가 된 대감

발 행 인 박희철
발 행 처 한국헤밍웨이
출판등록 제406-2013-000056호
주   소 경기도 성남시 분당구 금곡동 444-148
대표전화 031-715-7722
팩   스 031-786-1100
편   집 이영혜, 이승희, 최부옥, 김지균, 송정호
디 자 인 조수진, 우지영, 성지현, 선우소연
사진제공 이미지클릭, 연합포토, 중앙포토

돼지가 된 대감

글 김은경 그림 최현주

한국헤밍웨이

어느 마을에 어마어마한 부자 영감이 살았어.
마을 사람들은 영감의 땅을 빌려서 농사를 지었지.
영감이 밖으로 나가면 모두 와서 꾸벅 인사했어.
"영감님 나오셨어요?"
김돌쇠도 꾸벅, 이장쇠도 꾸벅, 모두 꾸벅꾸벅.
영감은 인사 받으러 다니는 걸 좋아했지.
"어험, 모두 열심히 일하게나."

어헴!

하루는 영감이 터덜터덜 돌아다니는데
갑자기 큰 소리가 들려왔어.
"물렀거라! 원님 행차시다!"
사람들이 길옆으로 우르르 물러나 고개를 숙였어.
부자 영감만 고개를 빳빳하게 들고 서 있었지.

그러자 원님이 버럭 소리를 질렀어.
"어허, 영감은 왜 비키지 않는 게요?"
"저, 저도 비키라고요?
아이참, 저는 이 고을에서 가장 부자인데!"

"흥, 부자라도 내 앞길을 막으면 안 되지.
여봐라, 이 영감을 끌어다 곤장 열 대를 쳐라."
그러자 포졸들이 달려와서 부자 영감을 끌고 갔어.
그러고는 철썩철썩 곤장을 때리기 시작했지.

"한 대요!"
"두 대요!"
"아야, 아야! 아이고, 아야!"

철썩 철썩!

부자 영감은 집으로 돌아와 끙끙 앓아누웠어.
"엉엉! 아이고, 엉덩이야!"
부자 영감은 엉엉 울다가 굳게 마음먹었어.
'아무리 부자여도 벼슬아치 앞에서는 소용없구나.
좋아, 나도 돈으로 벼슬을 사야지.'
얼마 뒤, 부자 영감은 논을 판 돈을 들고
서울에 사는 정승 대감을 찾아갔지.

"나리, 원님보다 높은 벼슬자리 하나만 주십시오."
부자 영감은 돈이 든 궤짝을 정승 대감에게 쓱 들이밀었어.
"좋아! 사랑방에서 지내며 기다려 보게나."
하지만 하루, 이틀이 지나고, 한 달이 지나도
벼슬을 줄 생각을 않네.
부자 영감이 정승 대감에게 쪼르르 달려가 따졌어.
"나리, 벼슬은 언제 주시는 겁니까?"

그러자 욕심 많은 정승 대감이
침을 꿀꺽 삼키며 말했어.
"요즘 벼슬 값이 올라서
그때 준 돈으로는 어림없다네."
부자 영감은 어쩔 수 없이 논을 팔아
더 많은 돈을 갖다 바쳤지.
"이 정도면 될까요?"
"흠, 좀 더 기다려 보게나."
하지만 아무리 기다려도 또 소식이 없네.

부자 영감은 시골로 내려가
남은 논과 밭을 다 팔고,
으리으리한 집도 팔았어.
돈 자루를 말 열 마리에 싣고
다시 정승 대감을 찾아갔지.
"대감님, 제가 가진 걸 몽땅 바치겠습니다."
"좋아, 사랑방에서 좀 더 기다리게."
부자 영감은 또 기다려야 했어.

19

그러던 어느 날, 정승 대감네 머슴들이 사랑방 문을
벌컥 열더니 다짜고짜 영감을 내쫓지 뭐야.
"이게 무슨 짓인가? 아직 벼슬도 못 받았는데……."
"벼슬이고 뭐고 새로운 손님이
이 방을 써야 하니 어서 나가시오."
부자 영감은 벼슬도 못 얻고,
돈도 다 잃고 거리로 쫓겨나고 말았어.

"아이고, 내가 괜히 벼슬 욕심을 부리다가
재산까지 다 잃고 말았구나."
빈털터리가 된 부자 영감은 터벅터벅 걸었어.
그런데 길가 오두막에서 웬 노인이 참외를 먹고 있잖아.
"아이고, 배고파. 참외 하나만 얻어먹읍시다."
"참외 하나야 줄 수 있지.
대신 이 참외 망태를 써 보겠소?"
"망태를 왜요?"
부자 영감은 노인이 준 망태를 훌렁 뒤집어썼어.

그 순간, 망태가 몸에 착 달라붙더니
부자 영감이 돼지로 변하지 뭐야.
'아이고, 이게 웬일이야?'
부자 영감이 소리쳐도 입에서는 꿀꿀꿀!
"쯧쯧, 욕심 많은 사람이 쓰면 돼지가 되는 건데,
당신도 욕심을 꽤 부렸나 보군."
노인은 혀를 차며 가 버렸어.

'아이고, 안 되겠다.
배가 고프니 참외라도 실컷 먹자.'
돼지로 변한 부자 영감이 참외밭에 가서
참외 하나를 꿀꺽.
그런데 이게 웬일이야?
참외 하나를 먹었더니 돼지 얼굴이 사람 얼굴이 되고,
세 개를 더 먹었더니 몸이 사람 몸이 되었어.
두 개를 더 먹었더니 팔다리까지 되돌아왔지.

"우아, 살았다!
참외를 먹으면 되는 거구나."

'흥, 망태를 욕심 많은 정승 대감에게 씌워야지.'
부자 영감은 서둘러 정승 대감의 집으로 갔어.
깜깜한 밤이 되자, 부자 영감은 살금살금
정승 대감이 자는 방으로 들어갔어.
그러고는 참외 망태를 푹 뒤집어씌웠지.
꿀꿀꿀!
깜짝 놀라 잠을 깬 정승 대감은
꿀꿀 돼지가 되어 집 안을 돌아다녔어.

이때다 싶어 부자 영감이 돼지에게 말했어.

"내 돈을 돌려주면 다시 사람이 되게 해 주지요."

꿀꿀 꿀꿀!

돼지가 고개를 끄덕이며 궤짝 하나를 건드렸어.

"좋아요!"

부자 영감이 참외 하나를 돼지에게 먹였어.

그러자 돼지 얼굴이 정승 대감의 얼굴로 돌아왔지.

정승 대감이 부자 영감에게 말했어.
"몽땅 되돌려 줄 테니 어서 몸도 사람으로 만들어 주게."
그러고는 다른 궤짝을 건드렸어.
부자 영감은 참외를 마저 먹었어.
다시 사람이 된 정승 대감이 부자 영감을 붙잡고 물었지.
"아이고, 지금이라도 벼슬을 하나 줄까?"

32

영감은 고개를 흔들었어.
"이젠 그런 욕심은 안 부리렵니다."
그러고는 시골로 내려갔다고 해.

돼지가 된 대감 작품해설

사람들은 누구나 자기 생각대로 행동하기 마련입니다. 하지만 그 생각이 모두 올바른 건 아니지요. 더구나 욕심에서 생겨난 행동이라면 더 말할 것도 없고요.

〈돼지가 된 대감〉에 나오는 부자 영감도 그런 사람이에요. 인사 받기를 좋아하는 부자 영감은 어느 날 원님의 행차를 보고도 비켜서지 않았어요. 원님이 비키라고 호통을 쳤지만 부자 영감은 "난 이 고을에서 가장 부자인데." 하며 비켜서지 않았어요. 그 때문에 부자 영감은 포졸들에게 끌려가 곤장을 맞았지요.

'내가 왜 맞아야 하지?' 부자 영감은 자기가 벼슬이 없어서 맞았다고 생각하고 돈으로 벼슬을 사기로 했어요. 부자 영감은 돈을 싸 들고 정승 대감을 찾아가 벼슬을 팔라고 하지요. 그래서 자기 생각대로 벼슬을 얻었나요? 아니지요. 정승 대감은 돈을 받기만 하고 이 핑계 저 핑계 대며 벼슬을 주지 않았어요. 그러다가 돈도 돌려주지 않고 부자 영감을 쫓아 버렸지요.

벼슬 욕심을 부리다가 재산까지 다 잃게 된 부자 영감은 그 뒤 어떻게 되었나요? 부자 영감은 돌아오는 도중에 참외를 먹고 있는 웬 노인을 만나요. 노인이 망태를 한번 써 보라고 해서 써 봤더니 돼지 모습으로 변해요. 그런데 참외를 하나 먹으니 얼굴이 사람으로 돌아오고 셋을 더 먹으니 몸이 사람으로 돌아오고 둘을 더 먹으니 팔다리까지 돌아와요.

부자 영감은 그 망태를 들고 몰래 정승 대감을 찾아가서 뒤집어씌워요. 그리고 돈을 돌려 달라고 하니 정승 대감이 돈을 돌려줍니다. 부자 영감은 그 돈을 지고 돌아오며 다시는 그런 욕심을 안 부리겠다고 하지요.

자기 앞을 막아섰다고 벌을 내린 원님이나, 그 일 때문에 돈으로 벼슬을 사겠다고 생각한 부자 영감이나 모두 현명한 사람들은 아닌 것 같네요.

꼭 알아야 할 작품 속 우리 문화

원님

수령이라고도 해요. 각 고을을 맡아 다스리던 관리를 통틀어 이르는 말이에요. 부윤, 목사, 군수, 현령, 현감 등을 모두 원님이라고 불렀어요. 원님은 세금을 걷고 백성을 가르치고 재판을 하고 군사를 훈련시키는 등 많은 일을 했어요.

곤장

조선 시대에 죄인의 엉덩이와 허벅지를 치도록 만든 도구예요. 곤과 장으로 이루어져 있어요. 일반 곤으로는 크기가 각각 다른 네 가지 곤이 있었고, 특별 곤으로는 치도곤이 있었어요. 장의 크기도 법으로 정해져 있었는데 옹이나 나무눈은 반드시 없애야 했답니다.

망태

새끼를 꼬아 만든 가방으로 망태기라고도 불러요. 양 끝에 길게 고리를 달아 어깨에 멜 수 있도록 만들었어요. 감자나 옥수수, 곡물 등을 담아 나르거나 풀이나 약초를 캘 때 쓰기도 했어요.

말랑말랑 우리 문화 이야기

부자는 돈을 주고 벼슬을 사려고 했어요. 그러다 모든 재산을 다 잃고 망태를 뒤집 어써 돼지로 변했지요. 망태, 원두막 등 농작물과 관련 있는 것들을 알아보아요.

원두막

참외, 수박 등을 심은 밭에 지었어요. 농부들은 참을 먹을 때나 뜨거운 햇볕을 피할 때 원두막에 앉았어요. 서리를 못 하게 막기 위해 원두막에서 밤새 지키기도 했어요.

거기 서지 못해!

앗, 들켰다!

서리

밭주인 몰래 수박 등을 훔쳐 먹는 것을 서리라고 해요. 먹을 것이 귀하던 옛날에는 아이들이 서리를 많이 했대요.

망태

새끼 등으로 꼬아 만든 주머니로 물건이나 곡식을
담아 가지고 다닐 때 썼어요. 칡덩굴이나 왕골 등으로
끈을 엮어 가방처럼 어깨에 메고 다닐 수 있도록
만들었지요. 농부들은 망태에 곡물이나 감자,
옥수수, 참외 등을 담아 날랐답니다.

얘들아, 놀라지 마!
이건 허수아비야.

저기 있다!

허수아비

참새를 쫓기 위해 논에 세운 것이에요.
헌 옷과 밀짚모자 등을 씌워 사람 모양으로
만든 다음 논밭 군데군데에 세워 놓았지요.